U0113007

順天府志卷八

觀

《元一統志》：丹陽觀，全真道師通玄子劉君所建也。通玄子，才氣邁爽。年二十餘，辟王府參謀，委任近密。一日，散財弃妻子，衲衣蓬頭，詣灤州玉清觀，拜清真弘教真人爲師，修全真教。入長春宫，衆推爲提點，掌道門事，非所樂也。故所交游達官貴人，競施財物助之，買地致材，以建此觀。至元十六年冬，翰林學士王磐撰記。觀在舊城，有碑。《析津志》：在周橋西南，趙汲古宅之西北也。

天長觀，在舊城，昊天寺之東會仙坊内。有《大唐再修天長觀碑》，節度衙推劉九霄撰記。其略曰：天長觀開元聖文神武至道皇帝齋心敬造，以興玄元大聖祖。建置年深，傾危日久。伏遇太保、相國張公秉權台極，每歸真而祈福，察此觀宇久廢，遂差使押衙兼監察御史張叔建，董部匠作功逾萬計。大唐咸通七年四月，道士李知仁重模。金明昌三年，冲和太師提點十方大天長觀事孫明道重建。又按：《重修碑銘》，國朝元貞二年，翰林學士承旨王鶚所撰，其略曰：燕京之

〔注一〕「三」，原稿爲「一二」，據《析津志輯佚》改。

會仙坊，有觀曰天長，其來舊矣。肇基於唐之開元，復於咸通七年，及遼摧圮。金大定初增修，泰和壬戌正月望日焚毁殆盡。貞祐南遷，止餘石像，觀額爲風雨所剥，委荆榛者有年。聖代龍興，玄風大振。長春應聘還，命盤山棲雲子王志謹主領興建。垂二十年，建正殿五間，即舊額曰玉虚。妝石像於其中，層簷峻宇，金碧爛然，方丈廬室、舍館、厨庫，奂然一新。凡舊址之存者，罔不畢具，永爲聖朝萬世祈福之地，顧不偉歟！《析津志》：在南城歸義寺南。內有唐碑三，〔注一〕燕京古道觀，惟此一也。

洞真觀，按舊記，燕京奉仙坊面街而北，有觀曰洞真，乃施主劉巽道之别業。以己丑歲改爲道院，清真大師同塵子李志柔創建。志柔，亦長春立仙翁之所點化者，有《行實碑》紀其事。

玉虚觀，在舊城仙露坊。按舊碑，金泰和八年，尚書户部主事、雲騎尉龐鑄所撰《重修玉虚觀三清殿記》，文簡而理明。有曰：三代之上言道者，必祖黃帝；而言治者，亦莫不尊之。兩漢之下言治者，必曰孝文；而言道者，亦莫不與之，由是意黃、老之道，非無益於治也。然秦始皇驅天下之力以求長生，漢武帝竭天下之費以要神仙，卒不可得，取笑後世者，何哉？用者之過也。後之執方泥儒，言黄帝、孝文之治，則不推道之功；論秦皇、漢武之惑，則必歸道以罪。竊所不取。有唐以老子爲受姓之祖，尊以鴻名。開元以來，祠宫像宇遍海内，而當時方術章醮之徒，金丹鬼神之説，争出以眩世，至所謂黄帝、孝文之道，則日益背弃，茫昧不可得而知也。下及宋氏，務怪誕自矜，至有天書下降、神霄上游之事，用愚瞽天下。則是望道之涯，猶北轅之適楚，愈馳而逾遠，卒蹈秦皇、漢武之迷，是豈免後世之笑耶？

觀中有故太師梁忠烈王祠堂。王諱宗弼，乃太祖武元第八子。金泰和四年八月，道士高守冲爲之立碑，其文亦龐鑄所作。國朝至元七年建《玉虚觀大道祖師傳授之碑》，參知政事楊果撰，商挺書。初祖，即劉德仁無憂子。金大定間，號東嶽先生。救病不用藥，仰面祝天而疾無不愈。傳之二祖陳正諭大通子。明昌庚戌，傳道與三祖張信真希夷子。四祖毛希琮，號純陽子，復得希夷子之傳。丁亥，葺玉虚觀以居之。戊子，乃立李希安爲五祖，號湛然子。修葺琳宇，妝嚴聖像，奂然一新。歲在辛丑，被徵命，辭老不起，憲宗皇帝以法服賜之。乙卯年，世祖皇帝在王邸聞其道行，賜以真人之號。中統二年，命之掌管大道。至元三年，羽化河間。莫州人劉有明，號崇玄子，傳其道，是爲六祖。是年冬，璽書授崇玄體道普惠真人。碑記乃至元七年正月，中書左丞相史天澤立石。

福元觀，在舊城春臺坊。至元四年夏，嗣教六祖劉有明立碑，頌大道冲和妙應真人道行，翰林學士承旨王鶚撰。

興真觀，在舊城康樂坊。國朝中統甲子春，長安李庭作觀記，有曰：都城東北之隅曰康樂坊，殿堂巍然，兩廡翼然，興真觀也。道教都提點何志邈爲其師，至德静默。保真真人何君所創。保真，諱志堅，高唐人。幼事長春丘公學道。己卯歲，長春應太祖聖武皇帝之命，從行者十八人，保真其一也。還燕之日，嘗有興修之志，不果而逝。志邈爲修之，以成師之先志。觀成，求額於清和真人，號興真。

崇元觀，在舊城北春臺坊。碑記，乃大德三年翰林直學士王德淵撰。舊都東北隅北春臺坊有觀曰崇元，殿曰虛極，以奉玄元至德洞淵通真真人，邯鄲霍志融之所建也。公嘗丘、尹二真人掌教之時，已獲殊顧。真常知公有材，盡付興造，數十年間，堅完華麗。甲寅年，賜真人號，有徒弟百餘人。臨終，付誠明真人而逝。《析津志》：在大井頭近東。

玉陽觀，在舊城康樂坊。至元初，翰林學士承旨王鶚撰記，有曰：全真之教，肇基於東華帝君，而正陽、純陽、海蟾三祖師始克營構之。至於

重陽真人，顯化山東，得高第六人：曰馬丹陽，曰譚長真，曰劉長生，曰丘長春，曰王玉陽，曰郝太古，然後七真之號立。又曰：真常爲太宗師，賜庵名履真，都人敬信。及誠明嗣教，易庵爲觀，以玉陽名之。《析津志》：在敬客坊內。有王百一石刻。古帖所述碑，俗呼爲百一帖是也。

洞神觀，在舊城。有虛舟老人太原李鼎所撰記，葆光大師谷神子所創建也。葆光先就雲中拜長春爲師，傳法於圓明普照崇德宋真人。其道行，皆見於記。至元十二年，提點洞神觀事王志謙立石。《析津志》：虛舟老人太原李鼎文，長春宮提點彭志祖書，太中大夫、參議國信所高篆。其詞曰：天下之事，無小無大。天非人不因，人非天不成。其理藏於恍惚杳冥之

中，惟有道之士，持先天而天弗違之機。掌教，誠明宗師張公暨教門提點劉公也。主之者維據後天而奉天時之地。清真葆光重玄大師教明都提點段君暨體真大師王公也。茲二仙二師，名分年甲雖不同其容貌，而後天復能運先天之妙，知其世間之物，天欲與者，不可立以力辭；不欲與者，不可强以取之。理則同爾。又云：在南巡院西北。

真元觀，按舊記，編修蒲德恭所述，全真之道，自國朝龍飛肇造，長春子應詔北庭，而其教始興。舊都城廣陽坊，故孝靖宮，乃金世宗嬪御老而無子者之所居。自經變故，屋宇榛蕪，棲雲王真人命李志方度材用工，極力三十年，正殿、雲堂、方壺、厨舍、碾房、蔬圃，罔不畢備。志方，沃州人，禮棲雲王公，師其道。歲丁未，普度天下道流，飛舄來燕，暇日過此地，棲雲曰：此雖瓦礫之場，實是祈福之地。因建爲觀，名曰真元。

《析津志》：在文明門外。有江東大王祠，近河西北岸。有滕斌所作碑。

太清觀，在舊城北盧龍坊。琳宫齋館，深嚴整肅，興建已舊。自國朝以來，爲祈福地，多有褒崇之旨。

龍祥觀，按舊記，有庚戌年建觀碑銘，略曰：京城西南，昔爲水門，金河攸注，宛然故存。引水作磨，下轉巨輪，既助道門，亦利京人。磨之西偏，特起一觀，真堂、齋厨，道侣所館，碧瓦朱甍，美哉輪奐。維昔勝處，天作地藏，清和真人，榜以龍祥。

清逸觀，創建碑，商挺撰，至元二十四年立石，略言其本末。自己卯歲，長春丘仙來自海上，應太祖皇帝之聘，越金山而入西域，弟子從行者十八人，各有科品，琴書科則沖和真人潘公也。長春既居燕，潘公乃擇勝地以爲長春別館。壬辰歲，廣陽坊有民貨居，潘公往相焉。曰：土厚木茂，幽清之氣鬱然，真道宮也。遂捐金得之，建正殿，翼左右二室，以居天尊，仍築琴臺於殿之陰。落成之日，清和真人以清逸名之。潘公，諱德沖，字仲和，齊東人，號玄都廣道沖和真人。

《析津志》：在周橋之西、延慶寺之西北。又云在南城廣陽。有創建碑，商挺左山撰。

十方昭明觀，在舊城金廢宮北闌內。有道館曰昭明，乃修真道人弘玄子及其徒郭志真所建。其地則平章軍國重事密里沙公，初以施棲雲王真人。棲雲聞弘玄名，遂以地請居之，師力事興構。既而仙蛻，志真嗣其役不懈，建大殿，以祀玄元聖祖及五祖七真。妝嚴繪事，備極精緻，靈官爲堂，弘玄爲祠，丈室、齋庖、雲衆之栖舍，賓之館、蔬圃、井厩，各有攸序。其經營指畫，雖出弘玄，而締構落成，志真之力居多。基業相傳，不私於己，以待諸方有道之士。掌教大宗師誠明真人，錫其號曰昭明，蓋爲弘玄設也。弘玄子，諱道宣，本鄜州孟氏子。至元三十年，翰林學士王之綱撰記。

寧真觀，在舊城西南永樂坊，乃超然崇道清真大師丁公所建。中統四年冬，門人豫志詮等狀其經始落成之事實，請文於掌教誠明真人，刻石以傳永久。至元三年立石，太原虛舟老人李鼎爲文云。《析津志》：在南城之南禮樂坊。又云在渤海寺西、西營之北。

寓真觀，在舊城康樂坊。有舊碑，古汶姬翼撰，翟志玄建，壬子歲立石。

靜遠觀，在薊門之西永平坊。女道士長清散人王慧舒所建，經始於辛卯，落成於壬子。散人，生濟南。五代至宋，家世巨族，父登金大定進士第。散人於貞祐甲戌，遇玄德馬真人，出家學道。當長春師玄風大振之時，亦來會下，長春賜以道號。嘗謂門人曰：既爲道人無他，但求其放心而已。久久純熟，心當自定，定而慧生，慧則通，通則神。此吾所得於師真之要語也。有丁巳年碑石可考。《析津志》言：在薦福寺南。

玉華觀，按舊記，都西北隅廣源坊，有觀曰玉華。女冠體真澄德通妙大師之所建也。師陳氏，名慧端，洛陽人。家殷富，俗以銀陳家呼之。師七歲，禮紫虛觀李師，出家學道。壬辰，來都下大長春宮，禮宗師真常公證明心地，大蒙印可，訓以令名并其師號，授都功法籙。癸丑，以恩賜金襴道服，盡出所積，得白金二百三十兩，市地，得養素庵，改立此觀，得名額於嗣教誠明真人。至元九年九月，作齋會以落成之。大德元年五月，劉慧真請於虛舟老人李鼎爲記，立石。《析津志》：西堂之西北，惟有石碑露立。

玉真觀，女冠梁慧真，世將陵人，丙午歲謁真常真人於萬壽宮，授以法名，戒律精嚴。丁巳來燕，於開遠坊買地，創建道舍，以事玄元。請於掌教者，額以玉真。至元七年立石紀銘，翰林待制孟攀鱗爲文云。

玄真觀，舊京城通玄門路西，有坊曰奉先，城隍大神廟據其中。金大定十六年正旦，道録院準大興府奉省部符文，城隍廟及廟西道院，宜命女冠嚴奉住持，衆推太清觀董雲洞領門弟陳守元輩三十餘人住持。其後增加興建。金明昌初，敕賜觀名曰玄真。承安二年，内侍齎敕，授陳守元以葆真大師。增修二十餘年，工成。葆真大師精修煉，餌茯苓六年，啗松葉十八年。金泰和三年四月，翰林待制朱瀾撰記，以述創建之由，頌其功行云。

固本觀，創於清真道人李鍊師守徵者，始自癸卯歲，得地中都開遠坊。後請名於長春大宗師，曰固本。至元四年，太華洞玄子史志經爲記其本末，立石。《析津志》：在長春宫之南。又云在南城開遠坊。

東陽觀，女道士通真大師移剌慧超所建。其夫移剌虎都特末，契丹之名族，官至河北東路都元帥，殁於陣。子添哥，承父功，佩虎符，行萬户。師禮深州神霄宫玄德師馬公爲師，授正一法籙。訶除不祥，悉有靈感，掌教真掌李真人賜以師號曰通真，道號曰壽寧散人。子萬户，於燕京西南隅常清坊，用白金千兩得第宅一區爲觀，曰東陽。《析津志》：俗號左府宅，在西營之北。

崇真觀，通玄散人女道士趙守希，本代郡人，禮太原李子元，出家。壬辰春，達全真堂下，師事清和真人。辛丑年，發心建立道院。於長春宫主教真常大師門下，傳太上正一盟威法籙。復於終南重陽萬壽宮祖庭洞真於真人受六天如意、天心正法。治人疾病，驅攝邪鬼，無不立應。癸丑年中秋，宗玄散人李守祖等立石，頌其行。

冲微觀，保真散人女冠陳守玄創建於舊都西南隅美俗坊，觀額乃誠明真人之親署，太原李鼎之和爲記其興建之本末云。

清都觀，定庵老人吴章記，辛卯年四月立石。提點長春宮大師宋德方得紫微之故地，立混元像於中，名其觀曰清都。清都紫府，乃上界神仙之所居也。觀宇既成，大集道侶與京城士大夫共落之。《析津志》：觀在太廟寺之西。

玄禧觀，長春宮之南，有觀曰玄禧，昔開遠坊李忠道者，嘗建長春真人堂於此，以奉香火。甲午夏，忠道以地歸之真常李公。乙未秋，道衆雲集，觀始創建，真常公名以玄禧。北平王粹記其本末云。

清真觀，廣嚴虛妙寂照真人何守夷受業於長春主教真人丘公。壬寅歲，始爲清真於京師奉先坊，爲祈福地。《析津志》：觀在南城奉仙坊。

清本觀，古燕道人李志玄書觀記曰：凡立觀宇者，必有异人啓之，篤實之士繼之，又有有力者助之，然後可成。具是三者，惟燕城清本觀是也。清本地，乃移剌監軍之故宅。監軍亡，其妻捨以爲觀。清和尹公名之曰清本，命吴志海住持，增置興建，觀曰以大。此清本之初基也。《析津志》：觀在長春宫東南。有北平王粹碑文。

長生觀，長春丘仙翁門弟崇德宋真人所創建。在舊都豐宜關，有崇德祠堂記，長春宫玄學講經宣義大師史志經撰。《析津志》：在豐宜門。

五華觀，京城西北地，幾一舍，有山名曰五華，挺秀於玉泉、香山兩峰之間，山腹有平地可居。金世宗命起道院，翰林待制朱瀾爲記銘，有曰：帝城西北，山明水秀。五華一峰，爛然錦綉。重巒叠嶂，夾輔左右。山腹坦然，泉甘土厚。詳已見《五華山注》。《析津志》：英宗朝改爲寺。

東華觀，永清縣統和鄉南石村。有道者舍曰東華。以碑銘考之，通玄子賈志堅，號純真大師，慕長春之道，受業於霸州丁師。丁乃長春之門弟也。歲甲午，通玄子於永清東北一舍餘統和鄉南石村，擇地創舍。此觀之初基也。

建福觀，寶坻縣坊市西門外街北。有觀碑，金大定年間，正一盟威法師王雲巖立石。

十方洞陽觀，在大都思城坊，北去轉東。乃長春宮下觀，有碑。

神游觀，在會城門外近西。

清微觀，在甄樂院東。

洞祥觀，在前堂局西。

烟霞觀，在净土寺西。內有宋柳庵所撰碑。

真常觀，在雲仙臺下。

静真觀，在廣濟寺西。

崇玄觀，在南城施仁門北，水門街北。

昭明觀，在舊皇城內，乃金朝昭明宫之故址也。

清和觀，在敬客坊南，至元寺之西，真常之北。

葆光觀，在聖安寺東北。其碑乃閻子静先生作。

重陽觀，在奉佛寺西。

清虚觀，在大悲閣前沙地內。

雲陽觀，在西華潭西。

披雲觀，在大悲閣西南。

靈虛觀，在憫忠寺前，蝦蟆北岸。內有大古槐一株。

延壽觀，在雲仙臺西。

雲巖觀，在金水河西，與高□寺鄰。有記略曰：君諱道盈，號天祐道人，混成子，姓黃氏。父喜，母呂氏，樂善好施。真人生於至元九年癸酉三月二十有七日，有紅光照空，又□即穎悟。〔注一〕聞膠州即墨縣鰲山劉真人有道術，〔注二〕往師之，數年歸。適關西雲游，至緬歷諸方。在途旅中而以飲食制情□魔戰睡爲務，心目開明。遇道術者張公帶黃教習書細字，每芝蔴一粒，書「天地日月國王父母」八字。至於方尺扇中，取方寫《孝經》一十八章；四畔，寫胡曾《咏史詩》一百二十首。至元三十一年，又還至鰲山，劉真人大賞异之。大德元年，雲游至大都集慶里，得地二畝，建雲巖觀，起三清殿，殿之後建一室，爲供老之計。〔注三〕至治元年三月，敬受完者台皇后懿旨，特賜金冠法服，法號葆崇素圓明貞靜真人。

〔注一〕「又」，《析津志輯佚》無此字。

〔注二〕「鰲」，原稿爲「鱉」，查《即墨縣志》，有鰲山，無鱉山，據改。下文同改。

〔注三〕「老」下，《析津志輯佚》有「人」字。

又奉旨齎御香往鰲山祝釐。事畢，奉掌教大真人法旨，充益都路道門都提點。至正四年，奉特進神仙法旨，充大都大長春宮諸路道教所詳議提點事。至正十二年三月三日，於雲巖觀寢室，命門人諸侄孫具湯沐衣冠，端坐而逝，享年八十。黄，益都東關人。黄真人則師劉雲巖真人，雲巖真人師郭真人，郭師王真人，真人所師，則丘真人也。

碧虚觀，在玉虚觀西南。

玉清觀，在黄土坡南盡頭。

修真觀，女冠衆，南城里樓子廟近北有龍首。

紫峰觀，在南城延壽寺後。

五嶽觀，在南城文廟西北。

昊天觀，在雲仙臺下。

冲和觀，在順承門外。

弘陽觀，在大悲閣西，前門藥局。有王秋澗碑。

遇真觀，在兵馬司後。

栖真觀，在大悲閣西南。

延祥觀，在南巡警院東。

通真觀，在南兵馬司北。

玉華觀，舊都西南隅常清坊，有庵曰玉華。女冠崇素散人張守本爲之宗。經營規度，有年於兹。正殿奉玄元道祖於中，像真人玉女以侍左右。西有堂，東有齋。長春大宗師賜以玉華之名。至元十二年立石，以記其興修之本末云。

《析津志》：玉華庵，〔注一〕庵在南城。

守静庵、妙真庵、大順庵、南庵，在周橋西。

彌陀閣、〔注二〕不二庵。已上并見《析津志》。

〔注一〕「玉華庵」，原稿脱，據《析津志輯佚》補。

〔注二〕「閣」，原稿爲「闍」，據《析津志輯佚》改。

户口

《圖經志書》：洪武二年初，報户一萬四千九百七十四，口四萬八千九百七十三。洪武八年，實在户八萬六百六十六，口三十二萬三千四百五十一。

《寰宇記》：唐天寶户六萬七千二百四十二。

《郡縣志》：唐户六萬六千二百四十三。

田糧

《圖經志書》：洪武二年初，報民地七百八十頃三十二畝一分五厘八毫四絲八忽。每畝起科夏税地正麥五升，秋糧地正米五升。

洪武八年，實在地二萬九千一十四頃一十三畝六分五厘七毫一絲八忽一微：　官地一百五十五頃六十八畝五分八厘三毫九絲五忽一微，每畝起科夏税地正麥一斗，秋糧地正米一斗；　民地二萬八千八百五十八頃四十五畝七厘三毫二絲三忽，每畝起科夏税地正麥五升，秋糧地正米五升。

已起科地一萬六千三百一十頃七十七畝七分四厘四毫七絲一微：　官地一百五十五頃六十八畝五分八厘三毫九絲五忽一微，民地一萬六千一百五十五頃九畝一分六厘七絲五忽。

未起科民地一萬二千七百三頃三十五畝九分一厘二毫四絲八忽。

額辦錢糧

《析津志》：　錢帛鈔二萬一千二十六錠三兩六錢五分，絲四萬三千八百六十八斤七兩六錢，糧米二十七萬三百七十四石三斗四升。　差撥包銀鈔七千二百六十一錠，絲四萬三千八百六十八斤七兩六錢。　課程鈔一萬二千九百一十二錠二十一兩一錢五分。　鹽課一百四十五錠二十四兩三錢。　酒課三千七百八十七錠一十一兩二錢九分。醋課五十八錠一十五兩四錢。食羊錢四百三十八錠。稅課八千三百五十六錠二十九兩八錢五分。額外木植河泊等一百二十六錠四十兩六錢七分。契本錢五十一錠三十一兩五錢。曆日錢八百一錠一兩。房地錢一百七十二錠四十兩。稅糧二十七萬三百七十四石三斗四升。事故已免糧二十七萬三百二十六石四斗。差撥鈔七千二百六十一錠，絲四萬三千八百六十八斤七兩五錢。實合辦鈔一萬三千七百六十五錠三兩六錢五分，糧四十七石九斗四升。約支除留鈔

五千八百九十六錠一十九兩，〔注二〕糧四十七石九斗四升，官吏俸鈔四千五百四十錠三十兩，糧四十七石九斗四升，海青鷹食鈔一千三百五十五錠三十九兩，合起解七千八百六十八錠三十四兩六錢五分，大都稅課提舉司課程，鈔一萬五百二十五錠五錢。大都宣課提舉司課程，十萬七千七百十二錠五兩四錢。大都酒課提舉司課程，九萬六千三百八十錠。錢帛，中統二萬六千五百二十一錠十九兩九錢，絲四萬二千五百三十六斤。糧，無。大都路鹽課，六千八百九十二錠十七兩八錢

〔注一〕「除」，原稿爲「際」，據《析津志輯佚》改。

一分八厘七圭九絲八忽二一微。已上并見《析津志》。

名宦

《圖經志書》：樂毅，魏人，魏將樂羊之後也。賢而好兵。戰國時，聞燕昭王禮士，自魏至燕，燕以爲亞卿。後爲上將軍，并護趙、楚、韓、魏、燕五國之兵以伐齊，破之濟西。毅入臨淄，盡取齊寶物、祭器輸之燕。燕封毅於昌國，號爲昌國君。

鄒衍，梁人。自梁如燕，王築碣石宮師事之。《元一統志》：燕昭王時，衍自梁如燕，昭王置弟子坐而受業。

劇辛，趙人。自趙往燕，與樂毅、鄒衍同至。《元一統志》：燕昭王招禮賢者，於是辛自趙往，士爭趨燕。

周勃，沛人。〔注一〕漢高帝時，燕王盧綰叛，以相國代樊噲爲將，擊薊克之。《元一統志》：薊，即幽州薊縣。

王尊，字子贛，〔注二〕涿郡高陽人。漢宣帝末，爲郡決曹史。後以令舉爲幽州刺史從事，有廉正之稱。

王駿，瑯琊人，諫大夫吉之子也。事漢，以孝廉爲郎。匡衡舉駿有專對材，遷諫大夫、趙内史，以病免。起家爲幽州刺史，遷司隸校尉。

〔注一〕「沛」，原稿誤爲「汴」，據《史記·絳侯周勃世家第二十七》改。

〔注二〕「贛」，原稿誤爲「貢」，據《漢書》卷七十六《王尊傳》改。顔師古注曰：「贛，音貢」。

朱浮，字淑元，沛國蕭人也。東漢光武時，以大將軍爲幽州牧，守薊城，遂討定北邊。浮有才能，〔注一〕以勵風績、收士心爲己任。《元一統志》：浮欲勵正風績，收士心，辟召州中涿郡之屬爲從事，及王莽時故吏二千石，皆引置幕府，多發諸郡食穀贍其家。漁陽太守彭寵以爲不宜多置僚屬，以費軍食，不從其言。浮密奏寵遣吏迎妻孥而不及母子，受賄，殺人。寵聞，遂大怒，舉兵攻浮，浮以書責之。

劉虞，字伯安，東海郯人也。事漢，初舉孝廉，稍遷幽州刺史，民夷感其德化。以公事去官。後拜幽州牧，務廣恩信。靈帝遣使就拜太尉，封容丘侯。〔注二〕

李恂，字叔英，安定臨涇人也。漢章帝時，以

侍御史持節使幽州，宣布恩澤，慰撫北狄。所過皆圖寫山川、屯田、聚落，凡百餘卷上奏，帝嘉之。

高光，字宣茂，陳留人。明練刑理。晉武帝時，自尚書郎出爲幽州刺史，有治行，遷潁川太守。

張華，字茂先，范陽方城人。事晉。學業優博，辭藻温麗，朗贍多通，器識弘曠。武帝時，持節督幽州諸軍事，領護烏桓校尉，撫納新舊，戎夏懷之，遠夷賓服，四境無虞，士馬强盛。

唐彬，字儒宗，魯國鄒人也。事晉。有經國

〔注一〕「才」，原稿爲「材」，據《後漢書》卷三十三《朱浮傳》改。

〔注二〕「丘」，原稿缺第三筆，避孔子諱，現改回。其他丘字同改。

〔注一〕「軍」，《晉書》卷三十六《衛瓘傳》載「表立平州」。

大度，少便弓馬，强力兼人。晚乃敦悦經史，尤明《易經》。武帝時，以北虜侵掠北平，命爲使持節、監幽州諸軍事。重農稼，示恩信，修學校，拓邊疆，百姓德之。生爲立碑作頌。《元一統志》：彬至官，訓卒厲兵，廣農重稼，震威耀武，宣諭國命，示以恩信，兼修學校，開拓邊疆，却地千里。復秦長城，綿亘山谷，分軍屯守，由是境内安静。

衛瓘，字伯玉，河東安邑人也。事晉。至孝過人，明識清允。太始初，以征北大將軍都督幽州諸軍事。時幽、并東有務桓，西有力微，并爲邊患。瓘離間之，遂致嫌隙，務桓降而力微以憂死。《元一統志》：瓘爲幽州刺史，至鎮，表立軍州，〔注一〕朝廷嘉其功。

劉弘，字和季，沛國人也。有幹略政事之才，張華甚重之。晋武帝時，以弘爲寧朔將軍、假節、監幽州諸軍事，領烏丸校尉，甚有威惠，寇盜屏迹，爲幽、朔所稱。

崔休，字惠盛，清河東武城人。北魏宣武帝時，以司徒右長史出爲幽州刺史，以清白稱，人懷其德。《元一統志》：先爲司徒，公平清潔。

裴延儁，字平子，河東聞嘉人也。北魏明帝時，以中書侍郎纍遷幽州刺史，修復舊督亢渠及故戾陵諸堨，溉田百萬餘畝，百姓賴之。

于翼，字文若，代人也。美風儀，有識度。周宣帝大象初，拜大司徒，詔巡長城，立亭障，西自雁門，東至碣石，創新改舊，咸得其要害。仍除幽州總管。翼素有威武，突厥不敢犯塞，百姓安之。

趙至，字景真，〔注一〕代郡人。身長七尺四寸。善議論，有才氣。幽州三辟從事，斷獄精審。《元一統志》：至監幽州從事，斷九獄，見稱精密。卒年三十七。

宋璟，邢州南和人。耿介有大節，好學，工文辭。唐睿宗末，爲河北按察使，進幽州都督。以剛直爲人所憚，有威聲，爲唐名相。

張守珪，陝州人。事唐。姿幹瓌壯，慷慨尚節義，善騎射。唐開元初，遷幽州良杜府果毅。刺史盧齊卿器之，引與共榻，謂：「不十年，子當節度是州。」後以隴右節度使徙幽州長史、河北節度副大使。與契丹奚每戰輒勝，斬契丹酋屈刺及牙官可突干。詔立碑紀其功。

温造，字簡輿。事唐。姿表瑰杰，性嗜書，盛氣少所降屈，隱王屋山。壽州刺史張建封聞其名，以書幣招禮，造往從之。及建封節度徐州，時李希烈反，兵鎮陰相撼，逐主帥。〔注二〕德宗密詔

〔注一〕「真」，原稿爲「直」，據《晉書》卷九十二《趙至傳》改。

〔注二〕「帥」，原稿爲「師」，據《舊唐書》卷一百六十五《温造傳》改。

建封擇從横士。建封强署造節度參謀，使幽州，說劉濟。濟願率先諸侯，效死節。穆宗時，復爲幽鎮宣諭使，諭劉總。總亦矍然，籍所部九州入朝。

《元一統志》：召奭，周武王封召公於北燕，傳國至莊公，復修召公之法。《析津志》：有《甘棠》之詩。

《析津志》：左伯桃、羊角哀，并燕人也，二人爲友。聞楚王待士，乃同入楚。至梁山，值雨雪，糧少，伯桃乃并糧與哀，令往來楚，自餓死於空樹中。哀至楚，爲上大夫，乃告楚王，修禮葬於建康溧水縣南四十五里儀鳳鄉孔鎮南大驛路西。一夕，哀夢伯桃告之曰：「幸感子葬我，奈何與荆將軍墓相鄰？每與吾戰，爲人困迫。今年九月十五日將大戰，以決勝負。幸假我兵馬，叫噪冢上以相助。」哀覺而悲之，如期而往。嘆曰：「今在冢上，安知我友之勝負。」乃開棺自刎而死，葬伯桃墓中。劉孝標《廣絶交》云：績羊、左之徽烈，正謂是也。唐大曆六年，顏真卿過墓下，作詩吊之，書於莆塘客館。大中十一年，宣歙池觀察使勤熏，徙其詩於宣州北望樓，仍作文以記之。今俱不存。宋熙寧中，太子中允關杞知縣事，夢二人告之曰：「余羊、左也，爲魏倫所苦。」出祭文百餘篇示杞。既覺，僅能記其一云：「千花落兮奠酒空。」明日，問之邑人，有魏倫者，以錢買羊、左墓木，將伐焉。杞遽止之，乃表墓事。宋胡宗愈相吊詩曰：「古有二烈士，羊左哀與桃。結交事游學，心若膠漆牢。遠聞楚王賢，待士皆英髦。負笈守燕路，不憚千里勞。行行及梁山，雨雪填岩嶅。窮途食不繼，餓口空嶅嶅。毋爲俱死爾，原野塗身膏。我留子獨往，命各繫所遭。慷慨示一訣，并糧解衣裒。僵坐空穴中，視死輕鴻毛。角哀既仕楚，爵位聯執羔。顧懷舊交心，血泣聲號咷。王聞義其事，禮葬遷蓬蒿。孤風激頹俗，千古清蕭騷。誓爲刎頸友，名節初相高。一旦成睚眦，新勒兵相鏖。斬餘泜水上，論功傳子敖。較此豈不愧，清議焉能逃。凜凜漂水上，〔注二〕危墳望江皐。蔚宗宰茲邑，夢睹斯人曹。衣冠甚奇古，晤語開鬱陶。時示古祭文，百本皆王褒。其間記一二，花落空奠醪。薄訴魏倫者，相侵意貪饕。詰朝究其詳，倫乃邑之

〔注一〕「上」，《析津志輯佚》作「傍」字。

豪。墓木各合抱，〔注一〕移欲揮斧刀。移文禁采伐，表識嚴芟薅。英靈儼如舊，雖久不聞韜。哀我今之人，五交戒所操。」

蘇秦，洛陽人，與張儀同事鬼谷先生，學縱橫之術。〔注二〕周顯王三十六年説秦，〔注三〕秦王不用其言。乃去説燕文公，曰：「燕之所以不犯寇被甲兵者，以趙之蔽其南也。且秦之攻燕也，戰於千里之外；趙之攻燕也，戰於百里之内。夫不憂百里之患，而重千里之外，願大王與趙從親，天下爲一，則燕國必無患矣。」文公從之。

吴漢，王莽末以販馬自業，往來燕薊間，所至皆交名士。

劉虞，三國之間爲幽州牧。已上并見《析津志》。

《元一統志》：耿況，漢光武時，彭寵據漁陽作亂，況引兵擊寵，取軍都。天子嘉況功，封牟平侯。

馮焕，漢安帝時，爲幽州刺史，疾惡，數致其罪。建光元年，怨者詐爲璽書，責焕，賜以歐刀；又下遼東都尉彭奮，使速行刑。奮即收焕，焕欲自殺，其子緄疑詔文有异，止之。焕從其説，上書

〔注一〕「木」，原稿爲「末」，據《析津志輯佚》改。

〔注二〕「術」，原稿爲「例」，據《析津志輯佚》及《史記》卷六十九《蘇秦列傳第九》改。

〔注三〕「年」，原稿爲「人」，據《析津志輯佚》改。

自訟，果詐者所爲也。徵奮抵罪。會焕病死獄中，帝愍之，賜焕家錢十萬，擢其子爲郎中。

崔林，魏文帝時，以尚書出爲幽州刺史。涿郡太守王雄謂林別駕曰：「中郎將吴質，上所親重，國之貴臣，杖節統事，州郡奉承，而崔使君初不與相聞，若以邊塞不修刺卿，使君寧能護卿耶？」別駕具以白林曰：「刺史視此州如脱履，寧當相纍耶？」坐此，左遷河間太守。清論多爲林屈。

杜恕，事魏，爲幽州刺史，有治聲，吏民愛之。

生子預。

張亮，薛琡典略曰：「事魏，張亮與琡親善，夢亮山上掛絲。」寤而告亮，占之曰：「山上絲是幽字，君其得幽州乎？」後果如其言。

温彦博，隋末，幽州刺史羅藝引彦博爲州司馬。藝以州降唐，彦博與有謀焉，授總管府長史。

岑文本，唐太宗伐遼東，文本以中書侍郎典機要，主幽州道運糧。文本籌不廢手，由是神用頓耗，帝憂曰：「文本今與我同行，恐不與同返。」至幽州，果得疾，帝臨視流涕。卒年五十一。

李光弼，唐玄宗命光弼與郭子儀合擊安禄山，爲范陽節度使。肅宗立，後史思明拒王師，諸將驚潰，獨光弼一軍整肅，遂以光弼兼幽州大都督府長史，知諸道節度行營事。

譚忠，杜牧之著《燕將録》，大略云：譚忠者，絳人也，祖瑶。天寶末，令内黄死燕，忠豪健善談，兵始去燕。燕牧劉濟與二千人障白狼口。元和五年，中黄門出禁兵伐趙，魏牧田季安令其徒，謂：「越魏伐趙，今將若何？」其徒有言，借衆五千以除憂。季安曰：「壯哉！」忠時爲燕使

魏，乃詣季安曰：「今朝廷越魏伐趙，而專付中臣，吾乃興兵，是爲趙而抗衡，則罪大矣！」季安曰：「然則若之何？」忠曰：「王師之來，惟有厚犒之，悉甲壓境，號曰伐趙，陰遺趙人書，具述其事。」遂用忠之謀。忠歸燕，會劉濟合謀伐趙，忠對曰：「天子終不使我伐趙，趙亦不備燕。」劉濟乃繫忠於獄。一日，詔來，果如忠言。濟出之於獄，召忠曰：「信如子斷矣。」忠曰：「潞州盧從事外絶趙，内實與之，此爲趙畫曰：『燕以趙爲險，雖然，趙必不殘。』趙必不爲備，一旦視趙

不敢抗燕，且使燕獲疑天子，趙師不備，燕即走告於朝曰：『燕厚怨趙，今趙見伐而不備燕，是燕反爲趙也。』即所以知天子終不使君伐趙也。」忠又曰：「燕厚怨，天子無不知，今天子伐趙，君坐全燕之軍一人未濟易水，此正使潞人救燕施恩於趙，惟君熟計之。」濟下，下令軍中五日畢出，後者醢以徇。濟乃自將兵南伐趙，屠饒陽、束鹿，暴卒於軍中。子總襲位，忠大用事。既而趙人獻城十二，忠説總曰：「惟燕未得一日之勞，後世豈能帖帖無事乎？」總泣曰：「幸枉大教。」明年春，總出燕卒，忠護總喪事。未數日，亦卒。總卒年六十有四，官至御史大夫。

張徹，唐穆宗初，徹爲范陽府監察御史。以軍亂，守忠義不屈而死。天子壯之，贈給事中。事見韓愈撰《幽州節度判官清河張君墓志》云。

張仲武，唐武宗時，仲武以雄武軍使，入幽州，爲盧龍節度使，鎮邊有勛。李德裕撰《幽州紀聖功碑》具載其事。

張允伸，唐宣宗時，允伸以檢校散騎常侍爲節度使，後封燕國公。上米五十萬斛、鹽二萬斛佐國用。詔嘉美之。性勤儉，下所安賴，未嘗有邊鄙之虞。

楊熙，爲幽州刺史，有治行。尚書令羊陟舉之，云清亮在公。

《析津志》：馮道，爲幽州參軍，不從劉守光之亂，歸晋王。

幸稔，爲幽州觀察使。

李嗣源，晋王遣將兵牧幽州，岳辟爲州牧。

曹翰，宋太宗命攻幽州，仍詔督役開河。

曹彬，字國華，真定人。乾祐中，爲成德軍平

將，歸京師世宗帳下，補供奉官，一介不取。宋有天下，遷客省使，纍敗契丹。統兵伐唐，不血刃而平。太祖降璽書，褒其清介，拜宣南院使、義成軍節度使。太宗即位，加同平章事。雍熙三年，詔彬將幽州前軍行營兵馬水陸之師，與潘美等北伐契丹於固安，破涿州。又破契丹於新城，戰於岐溝。東勝州　薨年六十九，封濟陽王，謚武惠。

耶律隆運，本漢人，姓韓，名德讓。〔注一〕性忠厚謹恪，智略過人。景宗嬰疾，後燕與史國政擢授東頭供奉，充察院通事，轉上京城隍使，超授遼

〔注一〕「讓」，原稿爲「紹」，據《遼史》卷八十二《耶律隆運傳》改。

州節度使，改授同知燕京留守。

蕭貢，字真卿，咸陽人。博學能文，大定二十三年進士，自涇州觀察使官召補省掾。不四五月，拜監察御史，纍遷左司郎中。預備太和律令，所上條畫，皆委當上心。興陵嘉嘆曰：「漢有蕭相國，我有蕭貢，刑獄吾不憂矣。」遷刑部侍郎，入謝曰：「臣願因是官以廣陛下好生之德。」上大悦。凡真卿所平反多從之。歷大興府尹，德州防禦使，同知大名府事，御史中丞。以户部尚書致仕，年六十六終於家。謚文簡，有《注史記》

百卷、《公論》二十卷、〔注一〕《五姓譜》五卷、文集十卷行於世。

李獻可，字仲和，遼東人。太師金原郡王石之子。太師，遼末狀元。仲和，世宗元妃之弟。大定十年史詔魚榜進士，歷州縣入翰苑，纍遷户部員外郎，以軍貶清水令。石爲大興少尹，遷户部侍郎，終於山東。紹王即位，以元舅之尊，賜特進道國公。

張大節，字信之，五臺人。天眷中進士，與興陵有藩邸之舊。任横海軍節度使，咸平大興尹，

〔注一〕「十」字下，《析津志輯佚》有「二」字。

吏部尚書。明昌初，告老，特授雁門節鉞。如士類滄州徐韙、太原王澤、大興呂造，經其指授，卒成大名士。

胥鼎，字和之，代州繁時人。父持國，大定中爲太子司藏，有功母后家。章宗即位，拜尚書右丞。大定二十八年進士。至寧初，都城受兵，由户部尚書參知政事。宣宗即位，授大定軍節度使，不赴，改判大興。貞祐二年，拜尚書右丞。四年，樞密使權右丞相。五年二月，朝京師。進平章政事，封莘國公。〔注一〕明年，以温國公致政，封英公，以病薨。〔注二〕

張萬公，字良輔，東阿人。正隆二年進士，任長山令，有惠政，入爲有司員外。明昌初，纍遷御史中丞。以言忤旨，除彰德軍節度使。召爲大興府尹，拜參知政事。以母老乞歸養，出判東平、河北、濟南。丁内艱，起復爲平章政事，封壽國公。爲相知大體，有敦龐耆舊之風。改致仕，眷顧未衰，復起爲判濟南，安撫山東，便宜行事。未幾終。謚文貞，繪像於聖宫，配享章宗廟庭。

李揖，字濟川，淄川人。〔注三〕年十六，以蔭補

〔注一〕「莘」，原稿誤爲「革」，據《金史》卷一〇八《胥鼎傳》改。「進平章政事，封莘國公」在興定元年正月。

〔注二〕此句多有脱漏。據《金史》一〇八卷《胥鼎傳》載，興定四年進封温國公，致仕。正大二年起復，拜平章政事，進封英國公，行尚書省於衛州。三年，復上章請老。是年七月薨。

〔注三〕「川」，校《析津志輯佚》爲「州」字。

詔優復其官。雷希顔作制詞曰：「毀譽之來，在仁賢有所不免；是非之論，至久遠而乃益分。」人謂唐卿於此語爲無愧。屏山故人外傳曰：呂氏自開國以來，父子昆弟，凡中第者六人。以「六桂」名其堂。弟真幹，字周卿。尤自刻苦，酷嗜文書。著《碣石志》數十萬言，〔注一〕皆近代以來事迹，幽顯、譎怪、詼諧、嘲評，無所不有。在史館論正統，獨异衆人。謂國家正當承大遼，忤章廟旨，謫西京運幕，量移北京。致仕，自號虎谷道人。晚年感疾，又號呂跛子。自作傳以見志，閑閑公亦以謂篤志君子也。弟士安，字晋卿；士雲，字祥卿。子鑑，字德昭，皆名士。

趙伯成，字子文，宛平人。明昌五年經義、詞賦兩科進士。博通書傳，有真積之力。性沉静，言必中理。從在太學日，人以趙骨鯁目之。果遷侍御史，拜中丞，陝西西路轉運使，静難軍節度使。哀宗即位，召爲吏部尚書。坐爲□謗所中，罷官，卒於嵩山中。潞人宋文之説，子文臨終至甚明了。

盧元，字子達，宛平人。父啓臣，字雲叔，第

〔注一〕「數」之上，原稿有「詔」字，已點删，校《析津志輯佚》有「詔」字。

進士，仕宦亦達，自號涇水先生。《和趙元發、劉師魯葛藤詩》曰：「乳兔生長角，鑣湯結厚冰。木終成假佛，髮不礙□□。莫認指爲月，須明火是燈。拈花微笑處，只説老胡僧。」子達，幼而敏慧，年未二十，試於長安，爲策論魁。擢第後，又中策魁。明年，章廟設宏詞科，命公卿舉所知。子達與郭巘庸第，〔注一〕曾俱爲名進士，纍擢高第。時人以燕山竇氏方之。子安，字希謝，翔仲叔。正大末登科舉，世亂不仕。

范中，字極之，大興人。承安中進士，纍官至京西路司農少卿，滑州刺史。好賢樂善，有前輩風流。貞祐中，高琪當國，專以刑威肅物。士大夫被捆摭者，笞辱與奴隸等。醫家以酒下地龍散投以蠟丸，則受杖者失痛覺。此方大行於時。極之有詩云：「嚼蠟誰知滋味長，一杯卯酒地龍湯。年來紙價長安貴，不重新詩重藥方。」時人傳以爲笑。極之嗜讀書，以資於詩，詩以往往可傳。壬辰，卒於京師，年五十七矣。

李芳，字執剛，大興人。承安二年進士。歷乾、坊兩州刺史，同知北京都轉運使。爲人警敏，

〔注一〕「第」，原稿作「弟」，據《析津志輯佚》改。

〔注一〕「四月」，據《元史》卷一二七《伯顔傳》爲至元十三年五月「以宋主至上都」。

〔注二〕「㬎」，原稿爲「顯」，據《宋史》改。後「顯」字皆改作「㬎」。

〔注三〕「藤」，原稿爲「籐」，地志無籐州，改爲「藤州」，在廣西。參見一〇七頁。

〔注四〕「四月」，據《元史》卷十八《成宗一》，爲至元三十一年四月。

《勛德碑》。

二月，都督賈似道將師十萬，陳丁家洲。我士賈勇索戰，軍容甚盛。似道聞鼓聲先遁，其師遂潰。獲都督府符印，斬賊無算。太平、寧國、建康、無爲、鎮巢，皆送莞籥請城主。行省駐建康。時江東大疫，居民乏食，乃開倉賑饑，發醫起病，人大喜曰：「此王者之師也。」四月，〔注一〕獻宋主趙㬎、謝后、全后於上都。〔注二〕上御大安殿，降封㬎瀛國公，遣大臣告成功於太廟。上勞王，王曰：「奉陛下成算，阿朮效力，臣何有功能？」詔以陵州、藤州增食户爲六千。〔注三〕

四月，〔注四〕成宗即位於上都大安殿。時親王有違言，王陳祖宗寶訓，述所立成宗之意。辭色俱厲，諸王股栗，趨殿下拜。五月，加太傅、録軍國重事，依前知樞密院事。

天以正統命帝元太祖皇帝奮起朔方，博爾朮、木華黎、博爾忽、赤老温四杰輔之。滅克烈，滅乃蠻，滅夏，滅金，乃有天下三分之二。宋承中華之運，西距蜀、楚，東際吴、越，盡有荆、揚、益三州之野。世祖皇帝紹運撫圖，肆容大略，發兵二方戍淮西，功已不出乎已。太師南伐，復分兵淮東，渡江捷聞，一失聲而死。豈先福禍者，誠如道家所忌耶！公鼓其軍笛，戍所餘不能倍萬。石城通都，身至力取，利畫海表，圖地籍民，半宋疆理。最所下州，荆之南十四，淮西四，湖南九，江之西二，廣西二十有一，廣東、海南各四，凡五十八。自餘洞夷山獠，苛氈被毳，大主小酋，棋錯輻裂，連數千里，聽令者猶不與存。其依日月之末光，張雷霆之餘威，以會其成功者，亦一世之雄哉！今列其由省幕戎麾與所受降，登宰相者有

二：蒙古帶、阿剌韓。平章十二：奥魯赤、虎突、帖木兒、阿力史格、吕文焕、帖木兒、李庭、李恒、張弘範、劉國傑、程鵬飛、史弼。右丞四：咬突、完顔、那懷、闔出落也訥。左丞四：塔海、唐兀帶、劉徐、趙修己。參政十三：賈文備、鄭也可、何瑋、張鼎、樊楫、朱國寶、張學賓、囊家帶、烏馬兒、勃羅合達耳、高達、馬應雲、從漢龍。都元帥宣慰使、總管、萬夫、千夫之長，又什佰，〔注一〕是觀出其門者衆多，又足徵公蓋推勞人也。并出《神道碑》。

太師廣平貞憲王，名玉昔，阿兒剌氏，賜號月

〔注一〕「佰」，原稿爲「伯」，據上下文意改。

吕禄那演。初襲父職，爲右萬户。至元十二年，拜御史大夫。二十四年，將兵平乃顔，以功加太傅。二十九年，加録軍國重事、知樞密院事。三十一年，進太師。元貞元年薨，年五十四。

公小字玉昔，追至貴顯，[注一]寵以不名，[注二]賜號月吕禄那演。譯云能也。國初，官至簡古，置左右萬户，位諸將之上首。以公之祖博爾术居左右。公弱歲襲爵，統按臺部衆，器量宏達，襟度淵深，莫測其際。世祖聞其賢，驛召赴闕，見其風骨龐厚，解御衣銀貂以賜。國朝重天官内饍之選，特命公領其事，侍宴内殿，公起行酒，詔諸王妃，皆執婦道。

上即位，進秩太師，佩以上方玉帶、寶服，還鎮北邊。元貞元年冬，議邊事入朝，兩宫錫宴酬酢，盡歡如家人父子。然還鎮有期，不幸遘疾，以十一月某日薨。并出高唐閻公撰《勛德碑》。

太師淇陽忠武王，名月赤察兒，許慎氏。至大元十八年由宿衛官拜宣徽使。三十年，拜知樞密院事。明年加太保、録軍國重事、樞密院、宣徽使如故。大德四年進太師。至大元年拜和林行

[注一]「追」，原稿作「召」，據《析津志輯佚》改。

[注二]「不」，原稿作「令」，據《元史》卷一一九《玉昔帖木兒傳》和《析津志輯佚》改。

省右丞相、封淇陽王。四年朝京師，薨，年六十五。

王性仁厚儉勤，事母備諸孝敬。資貌奇偉，望之如神。世祖雅聞其賢，復憫其父之死事也，年十六召見。容貌端重，奏對詳明。上驚喜曰：「失列門有子矣！」則命領四怯薛者。國制，分宿衛供奉之士爲四番，番三晝夜。凡上之起居飲食諸服御之政令，怯薛之長皆總焉。二十七年，桑哥既立尚書省，簧鼓上聽，殺异己者，箝天下口，以刑爵爲貨而販之，咸走其門，貴價以買所欲。貴價入則當刑者脫，求爵者貴。不四年，紀綱大紊，人心駭愕。尚書平章政事也速答兒，王之太官屬也，潛以其事告王，王奮然奏劾，桑哥伏誅。上曰：「月赤察兒伐人奸，發其蒙蔽。」〔注一〕乃以没入桑兒黄金四百兩、白金五千五百兩，及水田、水磑、別墅，賞其清彊。〔注二〕上詔王曰：「公之先佐我祖宗，常爲大將，攻城戰野，勛烈甚著。公國之元老，〔注三〕宣忠底績，清謐中外。朕昔入繼大統，公之謀猷又多。今立和林等處行中書省，以公爲右丞相。依前太師、録軍國重事，特封淇陽

〔注一〕「蒙」，原稿爲「家」，據《元史》卷一一九《博爾忽傳》及《析津志輯佚》改。

〔注二〕「彊」，原稿爲「疆」，據《元史》卷一一九《博爾忽傳》改。

〔注三〕「國之」，原稿互乙。《元史》作「公乃國之元老」，據改。

王，佩黃金印。宗藩將領，實瞻公麾進退。其益懋乃德，悉乃心力，毋替所服。」〔并出清河元公撰《勛德碑》。〕四年，王入朝，仁宗宴於大明殿，〔注一〕眷禮優重。九月六日疾，敕御醫診療，勿克，三日薨。

樞密句容武毅王，名土土哈，欽察氏。世爲欽察國主，國亡，率其種人入宿衛。至元十四年，王將兵北伐，有功，升同知太僕院事，領群牧司事。二十二年，拜樞密副使、欽察親軍都指揮使。〔注二〕大德元年，遷同知樞密院事。是歲薨，年六十一。

公欽察人，其先係武平北連川按答罕山部族，後徙西北絶域。有山曰玉理伯里，襟帶二河，左曰押赤，右曰也的里，遂定居焉，自號欽察。其地去中國三萬餘里，夏夜極短，日暫没即出。〔注三〕川原平衍，草木盛茂，土産宜馬，富者馬至萬計。俗袵金革，勇猛剛烈，風土使然。公之始祖曲出，〔注四〕高祖唆末納，曾祖亦納思，世爲欽察國王。公爲將鷙猛，先期制敵，應變如神。尤善激昂士氣，臨陣誓師，人百其勇。至若出司闔鉞，入贊機樞，忠國大計，知無不言。古之所謂熊羆之

〔注一〕「宴」，原脱，意不明，據《元史》卷一一九《博爾忽傳》補。

〔注二〕「使」，原稿爲「事」，據《元史》卷一二八《土土哈傳》改。

〔注三〕「即」，原稿爲「輒」，據《元史》卷一二八《土土哈傳》改。

〔注四〕「出」，原稿爲「年」，據《元史》卷一二八《土土哈傳》改。

士，不二心之臣，於公見之。《紀績碑》。

丞相興元忠憲王，名完澤，土别燕氏。中統三年，以大臣子選侍東宮，遂拜詹事。至元二十八年，尚書省罷，拜中書右丞相，加太傅、録軍國重事。居相位十三年。大德七年薨，壽五十八。

中統三年，封皇子爲王，領中書省。是爲裕宗。詔選王府僚屬，聞公之賢，有以應選。久之，署東宫詹事長。入籌帷幄，出掌環衛，小心畏慎，夙夜在公。裕皇甚器重之。一日，會燕宗室，指公語衆曰：「先正有言，爲人上者，當務親善遠惡。若善人如完澤，豈易得哉！」天祐皇元，宗臣碩輔，禀靈河岳者，不爲不衆。若夫忠藎傳家，薦履上臺，績用著於纍朝，處中書十有二考，惟公一人。當其四罪咸服，治底雍熙，既彰世祖知人之明。至於運佐重光，元貞載造，偃革以宅，南交睦族，以協萬邦，拯災救患，博施濟衆，克廣聖朝安民之惠，致君唐、虞之效，昭然在人耳目矣。并出《勛德碑》。

丞相順德忠獻王，名哈剌哈孫，斡羅那氏。至元元年，朝廷録勛臣，後拜宿衛官，襲號答剌元年，授河南宣撫使，尋授討淮軍馬經略使。二年入拜中書右丞相。至元三年，皇子王領中書省兼樞密使，遂拜中書右丞相兼樞密副使。八年，加開府儀同三司、平章軍國重事。十一年，與丞相伯顔總兵伐宋，至郢，以疾還。十二年薨，年七十四。

平章廉文正王，名希憲，字善甫，畏吾氏，由父官廉訪使，氏焉。初，事上潛邸。歲癸丑，授京兆宣撫使。丁巳，宣撫司罷。中統元年，復爲京兆宣撫使。未幾，拜中書右丞，行秦蜀省事，就拜平章政事。四年，召入朝，拜中書平章政事。至元二年，分省山東，逾月召還。七年，罷相。十一年，行省事北京。明年，行省江陵。十四年，以疾召還。十七年薨，年五十。

左丞相張忠宣公，名文謙，字仲謙，順德沙河人。歲丁巳，召居潛邸。中統元年，拜中書左丞，行大名宣撫司事。至元改元，行省事於中興。七年，拜大司農卿。十三年，拜御史中丞。明年，拜昭文館大學士，領太史院事。十九年，拜樞密副使。是歲薨，年六十七。

宣慰張公，名德輝，字耀卿，冀寧交城人。國初，爲丞相史忠武王幕官，尋召居潛邸。中統五年，拜河東宣慰使，入拜翰林學士，參議中書省事。出爲東平宣慰使，就僉山東行省，復召參議中書省事，表乞致仕。未幾，起爲侍御史，遂致仕歸。至元十一年卒，年八十。

上在潛邸，歲丁未，遣使來召。既見，王從容問曰：「孔子没後，其性安在？」對曰：「聖人與天地終始，無所往而不在。王能行聖人之道，即爲聖人。性固在此帳殿中矣。」

左丞李忠宣公，名德輝，字仲貫，通州潞縣人。初事潛邸。中統元年，授燕京宣撫使，歷山西宣撫使，太原路總管。至元五年，召爲右三部尚書。八年，拜北京行省參知政事。十一年，遷安西王相。明年，以安西王相撫蜀。又明年，拜西川樞密副使。十七年，拜安西行省左丞，命未下而薨，年六十三。

參政商文定公，名挺，字孟卿，曹州濟陰人。其先本姓殷氏，避宋諱改焉。國初，爲東平行臺幕官，入事潛邸。爲京兆宣撫司郎中，就遷副使。

中統元年，改宣慰司爲行中書省，遂僉行省事。明年，進參知政事，坐言者罷。起爲四川行樞密院事。至元元年，入拜參知政事。六年，同僉樞密院事，纍遷副使。十年，出爲安相。十五年，王薨。十七年，王相府罷，坐事得免。二十年，復爲樞密副使，尋以疾辭。二十五年薨，年八十。正奉大夫中書參知政事，贈推誠協謀佐運功臣、太師、開府儀同三司、上柱國，追封魯國文定公。

自號左山，蓋取曹南山名也。至元二十五年，上問公何在，左右對曰：「居京城南。」問公年，中丞董文用對曰：「八十矣。」上曰：「惜乎老矣！」是年十二月薨。延祐二年，其子琦，能畫山水，時爲集賢侍講學士。仁宗皇帝詔曰：「在昔漢臣若姚公茂實、竇漢卿、張仲謙、商孟卿，實佐佑我世祖光啓大業。而商孟卿爵謙未加，朕甚憫焉。」遂有前謚。命琦歸，焚黄致祭於其墓。復詔立公《神道碑》，先命翰林學士承旨程鉅夫撰文，後更命元明善。以翰林承旨趙孟頫書丹篆額。有詩文，號《左山集》。五子：琥、璘、瑭、瓛、琦。

曰：誰能一之？孟子曰：不嗜殺人者能一之。夫君人者，不嗜殺人，天下可定，況蕞爾西南夷乎！」上曰：「誠如威卿言，吾事濟矣。」是歲，雲南諸國降。上既登極，每有征伐，必諭以不殺。於是，四方未稟正朔之國，願來臣屬者踵相躡於道。十餘年間，際天所覆，咸爲一家。土宇之廣，開闢以來未有也。不嗜殺人之效，其捷如此。然一言寤意，皆自公發之。

六年，作新大都於燕，宗廟之制未有議者，公奏曰：「陛下帝中國，當行中國事。事之大者，首

推祭祀。祭祀必有清廟。」因以圖上，乞敕有司以時興建。從之。逾年而廟成，公以所教太常禮樂亦備，遂迎祖宗神御入藏太室，因奉安而大饗焉。禮成，上悦，賞賜良渥。

公明習前代典故，尤精律令。事有至難，獄有大疑，使公決之，不暇閱成案，立談之間，引援區別，冰釋理順，載法之文，法外之意，無不包舉。雖專門名家者，亦不如是之審。至論事，口悱悱然若訥者。及秉筆而書，頃刻千百言，言盡意到，燦然成文。人謂尚書説事，手敏於口。公之奏

議，典贍詳悉，無迂疏之纍；古文傳正明白，無奇澀之偏；歌詩則坦夷瀏亮，無雕琢晦深之病；四六則駢儷親切，無牽就支離之弊。雖然，在公悉爲餘事。惟愛君憂國之心，堅如金石。不以仕宦爲污，不以辭退爲高，不以衰老疾病爲憊。苟聞時政有所可否，論思獻納，常若言責之在己。倦倦不替，至死乃已，合於古人畎畝不忘君之義也。并出《墓志》。

廉訪使楊文憲公，名奐，字煥然，奉天人。國初舉進士第，授河南路征收税課所長官，廉訪使。歲壬子，參議京兆宣撫司事。乙卯卒，年七十。

君母程氏，當夢東南日光射其身，旁一神人以筆授之，已而君生。父蕭軒翁以爲文明之象，就爲制名。年十一，丁内艱，哀毁如成人。日蔬食，誦《孝經》爲課，人以天性稱焉。又五年，師鄉先生吴榮叔。未幾，賦策成，有聲場屋間。年三十三，赴廷試。興定辛巳，以遺誤下第。同舍盧長卿、孝欽若惜君連蹇，勸試補臺掾。臺掾要津，士子慕而不得者。君答書曰：「先夫人每以作掾爲諱，僕無所以肖，不能顯親揚名，敢貽下泉之憂乎？」正大初，君草萬言策，將詣闕上之。所親謂其指陳時病，辭旨剴切，他人所不敢言。保爲當國者所沮，忠信獲罪，君何得焉？君知直道不容，即日出國門而西，教授鄉里。元遺山撰《墓碑》。

君著述有《還山集》六十卷，始於古賦，次之以古律、詩文，又次之碑志、記説、銘贊、雜文，概數十卷。隱而天道性命之説，微而五經百氏之言，明聖賢之出處，辨理欲之消長，可謂極乎精義入神之妙。《天興近鑑》三卷，自壬辰正月至甲午六月絶筆，其書法如古之史臣，其議論如胡氏之《春秋》也。《正統書》六十卷，自唐虞至於五代，一年一月一日各有所書事。三代以上存而不議，秦漢而後附之以論。其叙曰：正統之説其所以禍天下後世者，凡以不出於孔孟之前故也。且夫湯武之應天順人，後世莫可企及。猶曰：予有慚德，武未盡善，後世僻王乃復賴前哲，概以正統之傳，非私言乎！今八例，曰得，曰傳，曰衰，曰復，曰與，曰陷，曰絶，曰歸。始皇十年貶絶、陷者何？懲任相之失也！太宗傳之而曰得者何？志奪宗之惡也！責景帝者何？短通喪也！責明帝者何？啓异端也！與明宗者何？有君人之言也！與周世宗者何？世宗而在禮樂可興也！如是八例，其説纍數十萬言，以謂不如是，則是非不白，治亂不分，勸戒不明，雖歷百千萬世，正統之爲正統，昭昭矣。見《魯國東游録》。

內翰李文正公，名治，字仁卿，真定欒城人。金正大末，登進士第。壬辰北渡，居太原藩府，交辟皆不就。至元二年，詔拜翰林學士，明年以疾辭歸，居元氏之封龍山。十六年卒，年八十八。

翰林視草，惟天子命之；史館秉筆，以宰相監之，特書佐之，派有司之事爾，非作者所敢自專而非非是是也。今者猶以史館爲高選，是工諛譽而善緣飾者爲高選也，吾恐識者羞之。《敬齋泛説》。吾聞文章有不當爲者五：苟作一也，徇物二也，欺心三也，蠱俗四也，不可以示子孫五也。今之作者，异乎吾所聞矣，不以爲所不當者之爲患，惟無是五者爲患。《泛説》。

太史楊文康公，名恭懿，字元甫，奉元人。隱居不仕。至元十二年，召至京師，未幾辭歸。十六年，以修曆召，〔注一〕曆成，授集賢學士兼太史院

〔注一〕「曆」，原稿爲「歷」，據《元史》卷一六四《楊恭懿傳》改。下同改。

事。二十九年，以議中書省事召，皆以疾辭不行。三十年卒，年七十。

十六年，詔安南王相敦遣赴都，九月入見，詔於太史院改曆。十七年二月，副樞領太史易教、領太史衡及公等上改曆。奏曰：「臣等遍考自漢以來曆書四十餘家，〔注一〕精思推算，晝夜測驗，舊儀難用，而新者未備。故日行盈縮，月行疾遲，五行周天，其詳皆未精察，四方亦未測驗參考。臣等共議，權以新儀木表，與舊儀所測相較，得今歲冬至晷景及日躔所在，與所舍分度之差，大都北極之高下，晝夜刻長短，參以古制，創立新法，推算成《辛巳曆》。雖或未精，然比之前改曆者附會曆元，更立日法，全踵故習，〔注二〕顧亦無愧。然立每歲測驗修改，歷二三十年，庶盡其法。可使如三代日官，守其職，測驗恒久，無改歲之事矣。」又《合朔議》曰：〔注三〕「日行曆四時一周，謂之一歲。月逾一周，〔注四〕復與日合謂之一月。一月之始，日月相合，故謂合朔。自秦廢曆紀，漢太初止用平朔法，大小相間，或有二大者，故日食多在晦日或二日，測驗時刻亦鮮中。宋何

〔注一〕「遍」，原稿爲「編」，據《元史》卷一六四《楊恭懿傳》改。

〔注二〕「全」，原稿爲「令」，據《元史》卷一六四《楊恭懿傳》改。

〔注三〕「議曰」，原稿爲「歷日」，據《元史》卷一六四《楊恭懿傳》改。

〔注四〕「月」，原稿爲「日」，據《合朔議》改。

承天測驗四十餘年，進《元嘉曆》，始以月行遲速定小餘以正朔望，使食必在朔，名定朔法，有三大二小，時以异舊，〔注一〕罷之。梁虞𠠎造《大同曆》，隋劉孝孫造《皇極曆》，皆用定朔，爲時所沮。唐傅仁均造《戊寅曆》，定朔始得行。貞觀十九年，四月頻大，人皆异之，竟改從平朔。李淳風造《麟德曆》，雖用平朔，遇四大則避人言，〔注二〕以平朔間之，又希合當世，爲進朔法，使無元日之食。〔注三〕至一行造《大衍曆》，謂『天事誠密，四大二小何傷？』誠爲確論，然亦循常不改。臣等更造新曆，一依前賢定論，推算皆改從實。今十九年曆，自八月後，四月并大，實日月合朔之數也。」是日，方列跪未讀奏，詔賜魯齋及公坐，諭曰：「卿二老，毋自勞，謹教示諸人耳。」四月，授集賢學士，兼太史院事。出《墓志》。

左丞董忠獻公，名文炳，字彦明，真定藁城人。少爲藁城令，入事潛邸。中統元年，宣慰燕南諸道。二年，授山東東路宣撫使，未至，召爲侍御親軍都指揮使。三年，授山東經略使。至元二年，授鄧州光化行軍萬户、河南統軍副使。七年，

〔注一〕「舊」字下，校《元史》卷一六四《楊恭懿傳》有「法」字。

〔注二〕「人」，原稿爲「又」，據《元史》卷一六四《楊恭懿傳》改。

〔注三〕「食」，原稿爲「時」，據《元史》卷一六四《楊恭懿傳》改。

改山東統軍副使。九年，遷樞密院判官行院淮西。十一年，拜參知政事，遂與丞相伯顔合兵伐宋。宋亡，拜中書左丞。十四年，還朝，拜僉書樞密院事。是年薨，年六十二。

王師大舉入宋，丞相伯顔行中書省，自襄陽東下，及宋人戰於陽邏洑。公以九月發正陽，十一年正月會丞相於安慶。安慶守將范文虎以城降。公請於丞相曰：「行省兵既勞於陽邏洑，行院兵當前行均勞。」宋都督賈似道禦師陳於蕪湖，似道弃師走，次當塗。公言丞相曰：「采石當江之南，和州對峙，不取，慮有後顧，請先取和州。」許之。遂降知州事王喜。三月，有詔時向暑，師宜持重，行中書省駐札建康，行樞密院駐札鎮江。時真州、揚州堅守不下，常州、蘇州既降復叛。久之，張世傑、孫虎臣約真、揚兵致死於我，真、揚兵先期敗，不敢出。世傑等陳大艦萬艘，碇之焦山下江中，勁卒前左。公身犯前左，載士選別船。而弟子士表請從之，公顧曰：「吾弟僅汝一息，吾與士選返，士元、士秀猶足殺敵，吾不汝忍也。」士表固請，乃許。〔注一〕公乘輪船，建大將旗鼓，翼二子船，

〔注一〕「許」，原稿爲「請」，據《元史》卷一五六《董文炳傳》改。

大呼突陳，諸將之飛矢蔽日。戰酣，短兵相接，宋人亦殊死戰，聲震天地，橫屍委伏，[注一]江水爲之不流。自寅至午，宋師大敗，世傑走，公追及夾灘。世傑收潰卒復戰，又破之，世傑走海。公船小，不可海，夜乃還。俘甲士萬餘人，悉縱不殺，應獲戰艦七百艘，宋力自此窮矣。

内翰董忠穆公，名文用，字彦材，忠獻公之弟也。初事潛邸。中統初，大名宣撫司奏爲左右郎中，歷兵部及西夏行省郎中。至元七年，除山東道勸農使，改工部侍郎，出爲衛輝總管。十九年，召爲兵部尚書。明年，除禮部尚書，遷翰林集賢學士，知秘書監。二十二年，拜江西行省參知政事。二十五年，拜御史中丞。明年，除大司農。又明年，除翰林學士承旨。大德元年，歸老於家，薨，年七十四。

初遷大司農時，欲奪民田爲屯田，公固執不可，則又遷公爲翰林學士承旨。二十七年，隆福太后在東宮，以公耆舊，欲使公授皇孫經，具奏上，以上命命之。公每講説經旨，必傳以國朝故實，丁寧譬諭，反覆開悟，故皇孫亦特加崇禮焉。《行狀》。

[注一]「伏」，校《元史》卷一五六《董文炳傳》作「仗」。

三十一年，上命公以其諸子入見，公曰：「臣蒙國厚恩，死無以報，臣之子何能爲！」命至再三，終不以見。是歲，世祖升遐，成宗將即位於上都，太后命公從行。既即位，巡狩三不剌，公奏曰：「先帝新弃天下，陛下遠狩，不以時還，無以慰元元之望，宜趣還京師。且臣聞人君猶北辰，居其所而衆星共之，不在勤遠略也。」上悟，即日可其奏。是行也，上每召入帳中，問先朝故事，公即盛言先帝虚心納賢、開國經世之務，談説或至夜半。公自先帝時，每侍燕，與蒙古大臣同列。

裕宗嘗就榻上使賜酒，使毋下拜跪飲，皆异數也。上在東宮時，正旦受賀，於衆中見公，召使前曰：「吾鄉見至尊，甚憐汝。」〔注一〕趣親取酒飲之。至是，眷賚至渥，賜鈔三百錠。是年，詔修《世祖實録》。公於祖宗世系功德、戚近將相、世家勛績，皆記憶貫穿。史館有所考訂質問，公應之無所遺失。《行狀》。

樞密董正獻公，名文忠，字彦誠，忠穆公之弟也。初事潛邸。中統元年，置符寶局，除符寶郎。至元十八年，升局爲典瑞監，遂除典瑞監卿。未

〔注一〕「甚憐汝」，校《元史》卷一四八《董文用傳》作「甚稱汝賢」。

幾，拜僉書樞密院事。是歲薨，年五十二。

國信使郝文忠公，名經，字伯常，澤州陵川人。召居潛邸。歲己未，扈從濟江，授江淮宣慰司副使。中統元年，拜翰林侍讀學士，充國信使，奉使於宋。宋人館於真州，凡十六年始得歸。卒年五十三。

公幼不好弄，沉厚寡言。金季亂離，父母挈之河南，偕衆避兵，潛匿窟室。兵士偵知，燎烟於穴，爓死者百餘人。母許氏，亦預其禍。公甫九歲，暗中索得寒葅一瓿，扶以飲母，良久乃蘇。其卓异見於童稚若此。高唐閻公《墓志》。金亡，北渡，僑寓保定。亂後，生理狼狽，晨給薪水，晝理家務，小隙則執書讀之。父母欲成其志，假館於鐵佛精舍，俾專業於迦氏，坐達旦者凡五年。蔡國張公聞其名，延之家塾，教授諸子。蔡國儲書萬卷，付公管鑰，恣其披覽。公才識超邁，務爲有用之學，上溯洙泗，下追伊洛諸書，經史子集，靡不洞究。掇其英華，發爲議論，高視千古，慨然爲羽翼斯文爲己任，自是聲名藉甚。藩帥交辟，皆不屑就。初，公之使宋也，內則時相王文統忌公、害公，外則宋權臣似道，竊以却敵爲功取宰相，畏公露其丐盟幸免之迹，遂主議羈留。舉國皆知其非，似道不恤也。公拘儀真館十有六年。去國未幾，而文統伏誅。甫歸國，宋探誤國之罪，似道殛，宋隨以滅。然則懷奸怙寵，傾陷善良，雖暫若得計，議發禍敗，曾不旋踵。抑宋有亡徵，公與厄會，其患難不渝，始終名節，偉一時而享萬世者，初非不幸也。《墓碑》。

公幼至孝，撫諸弟極厚，待宗族疏近如一。篤友樂施如己者，雖細惠必報。然偉持方嚴，風岸峭立，衆不可攀。薰良猶奸，題帖無貸，故用世之志，適際可爲，已墮奇擯，既處幽所，日以立言載道爲務。撰《續後漢書》，絀丕儕權，還統章武，以正壽史之失。著《春秋外傳》、《易外傳》、《太極演》、《原古録》、《通鑑書法》、〔注一〕《玉衡貞觀》、《删注三子》、《一王雅行》、《人志》，各數十卷。公於辭以理爲主，雄渾有氣。文集若干卷行於世。《墓碑》。

靜修劉先生文靖公，名因，字夢吉，雄州容城人。隱居不仕。至元二十年，召爲右贊善大夫，未幾辭歸。又召爲集賢學士，以疾辭。三十年

〔注一〕「法」，原稿脱，據《元史》卷一五七《郝經傳》補。

卒，四十五歲壽。延祐中，賜謚文靖公。有祠堂，歐陽玄有記。

君天資卓軼，早歲讀書，屬文落筆驚人。既久，涵浸義理，充廣問學，故名益大以肆。裕宗方毓德青宮，聞其賢，以贊善大夫召至京師。未幾，辭以疾，親老歸養。居數歲，朝廷尊仰德誼，拜集賢學士，又以疾辭。逾年，遂不起。春秋四十有五。縉紳惜之。野齋李公撰文集序。先生上宰相書曰：

因幼讀書，接問大人君子之餘論，至如君臣之義，自謂見之甚明。姑以日近用事言之，〔注一〕凡吾人所以得安居而暇食，以遂其生聚之樂者，君上之賜也。是以或給力役，或出智能，各有以自效焉。此理勢之必然，亘萬古而必可不易者也。

因生四十三年，未嘗效尺寸之功，以報國家養育生成之德，而恩命連至，尚敢偃蹇不出，貪高尚之名以自媚，而得罪於聖門中庸之爲教也哉！且因自幼及長，未嘗一日敢爲崖岸卓絕、甚高難繼之行。或者不察其實，止於踪迹近似者觀之，是以有高人隱士之目，〔注二〕因未嘗有此自居也。向者，先儲皇以贊善之命來召，即與使者俱

〔注一〕「姑」，校《元史》一七一《劉因傳》作「如」。

〔注二〕「以」，原稿爲「人」，據《元史》卷一七一《劉因傳》改。